Cómo esconder un león en la escuela

Beascoa

Helen Stephens

Iris y su león siempre iban juntos
a todas partes.

El león era el héroe de la ciudad porque una vez impidió
que unos ladrones robaran los candelabros favoritos del alcalde.

Pero había un sitio al que no podían ir juntos: la escuela. La profesora de Iris, la señorita Holland, decía que no estaba permitido llevar leones a clase.

CALLE DE LA ESCUELA

El león no quería separarse de Iris, por eso todos los días la seguía a escondidas.

Daba igual dónde
se ocultara el león...

detrás de la pantalla,

dentro del piano,

o tras los abrigos
de los niños,

AULA 2

porque la señorita Holland
siempre lo encontraba.
—¡Tengo ojos en la nuca! —decía ella,
y lo mandaba derechito a casa.

Pero, un día, en vez de volver directamente,
al león se le ocurrió echarse una siestecita
en un sitio soleado cerca de la escuela,
así al menos oiría a los niños cuando salieran
a jugar al patio.

Bienvenidos
a
LA ESCUELA

Lo malo es que ese sitio
soleado era un autobús.

ESCOLAR

Ese día los niños no iban a salir al patio durante el recreo...

... ¡porque se iban de excursión!
Nadie advirtió que el león estaba en el techo del autobús.

Al despertarse, el león se sorprendió mucho.

¿Qué estaba pasando?
¿Adónde iban?

El autobús se detuvo delante
de un gran edificio y los niños bajaron.
El león esperó hasta que todos
entraron en ese sitio...

... y luego los siguió en secreto.

¡Allí sí que había
buenos escondites!

Dentro de un reloj,

en un avión,

en una armadura...

Pero entonces llegaron a la sala del antiguo
Egipto, y ahí fue donde Iris lo descubrió.

servicios

—¡Oh, no! —dijo Iris—. ¡La señorita Holland te verá!
Tienes que buscarte un escondrijo mejor.
Por suerte, todos habían ido al baño, y eso dio a Iris una gran idea.

Se llevó todos los rollos de papel higiénico que pudo y envolvió al león como si fuera una momia egipcia.

Era un disfraz perfecto...

... hasta que pasó una señora
que sintió un cosquilleo
en la nariz.

¡Aaaaa... chííiiis!

estornudó la señora.

«¿Necesitará un pañuelo?», pensó el león,
y acercó a la señora el extremo de un rollo
de papel higiénico.
—¡Gracias! Qué oportuno —dijo la señora—.
Necesitaría un poco más...

Y cuando tiró del papel,
¡apareció el león!

—¡Un león! —chilló
la señora—. ¡Nos comerá
a todos!

—No es de esa clase de leones —explicó Iris.

Pero los guardias del museo lo echaron de allí de todos modos.
La señorita Holland también parecía muy enfadada.

El león encontró un buen sitio donde esconderse y esperó hasta que los niños volvieron al autobús.

Luego saltó sobre un camión que iba detrás. Llovía y hacía mucho viento, y el león tuvo que agarrarse muy fuerte.

El viento sopló con más fuerza.

Arrastró las hojas de los árboles. Luego arrancó ramitas.

Y al final derribó...

... ¡todo un árbol!

¡PATAPUM!

El autobús frenó bruscamente. La calle estaba bloqueada.

—Vaya, no podemos seguir —dijo el conductor.
—¿Y cómo volveremos a la escuela? —preguntó
la señorita Holland.
Llovía y hacía frío, y la escuela estaba muy, muy lejos.

El león miró a los niños, preocupado.
Se los veía muy cansados, y tiritaban.
Sabía que la señorita Holland estaba
enfadada con él, pero tenía que ayudarlos.
Por eso saltó del camión.

—¡Ay, no! ¡Otra vez ese león!
—exclamó la señorita Holland.
—¡Ha venido a rescatarnos!
—aseguró Iris—. Solo tenemos
que montarnos en su lomo.

Todos se sujetaron muy fuerte...
¡hasta la señorita Holland!
Luego el león dio un gran brinco
y saltó por encima del árbol.

El león los llevó todo el camino hasta
la ciudad y luego a la escuela.
Los vecinos aplaudían de admiración.

—¡Qué león tan amable! —exclamó la señorita Holland—. ¡Ya lo decía yo!

Y a partir de ese día, los niños de la clase no volvieron a ir más en autobús.
Siempre viajaban...

... ¡en león!

—Eres mucho mejor
que un autobús —dijo Iris.

A los maestros del mundo,
que todos los días se enfrentan
a una nueva aventura.

Título original: *How to Hide a Lion at School*

Primera edición: octubre de 2016
Primera reimpresión: mayo de 2018

Publicado originalmente por Scholastic Ltd.

© 2016, Helen Stephens
© 2016, Penguin Random House Grupo Editorial, S. A. U.
Travessera de Gràcia, 47-49. 08021 Barcelona
Traducción: Roser Ruiz

Printed in Malaysia - Impreso en Malasia

ISBN: 978-84-488-5082-1
Depósito legal: B-2.933-2018

BE 5 0 8 2 1

Penguin
Random House
Grupo Editorial